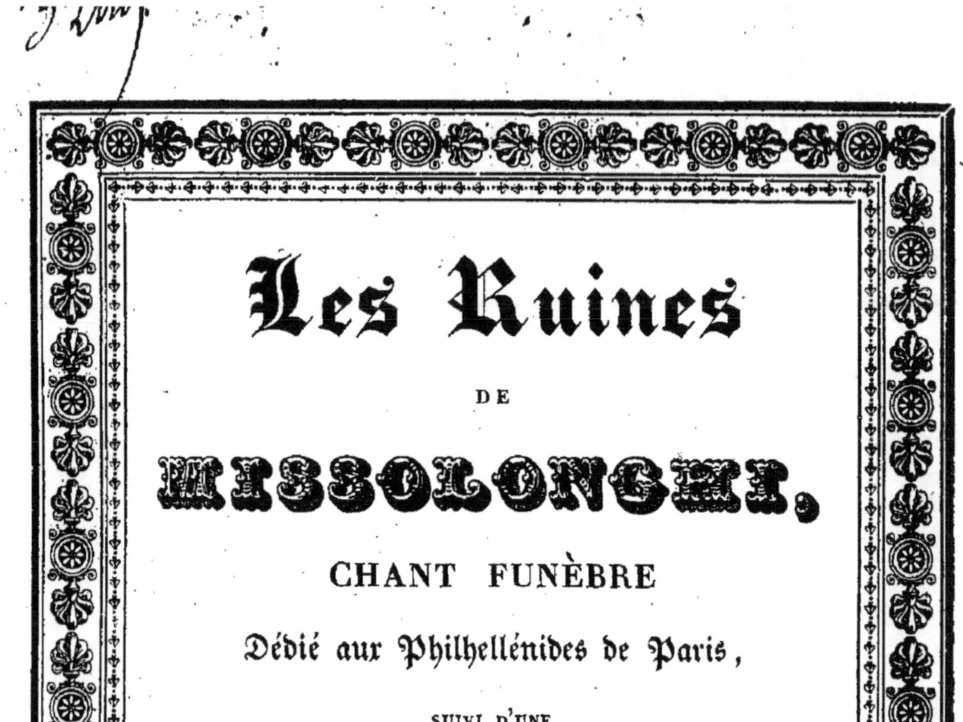

Les Ruines

DE

MISSOLONGHI,

CHANT FUNÈBRE

Dédié aux Philhellénides de Paris,

SUIVI D'UNE

ÉLÉGIE

SUR LES MALHEURS DES GRECS,

Par M Arnal=Lafon.*

PARIS,

CHEZ PONTHIEU, LIBRAIRE,

AU PALAIS-ROYAL.

1826.

Les Ruines

DE

MISSOLONGHI,

CHANT FUNÈBRE

Par Mr Arnal-Lafon.

Exoriare aliquis nostris ex ossibus ultor.
(VIRG., Énéide, liv. 4.)

PARIS,

CHEZ PONTHIEU, LIBRAIRE,

PALAIS-ROYAL, GALERIE DE BOIS.

1826.

IMPRIMERIE ET FONDERIE DE J. PINARD,
RUE D'ANJOU-DAUPHINE, N° 8.

Aux Philhellénides de Paris.

Poursuivez-les encor ces quêtes si touchantes,
Qui raniment l'espoir dans des îlots déserts :
Un peu d'or a sauvé des familles errantes,
Et des mains des captifs a fait tomber les fers.
Ah! qu'on vous voie encor, belles Philhellénides,
Attirer sur les Grecs de bienfaisans regards ;
Vous sauverez l'honneur de leurs vierges timides :
Vénus adoucira les maux qu'aura faits Mars.

ARNAL-LAFON.

Les Ruines

DE

MISSOLONGHI.

Comment a disparu cette ville immortelle,
Où d'intrépides Grecs, la terreur des tyrans,
Ont naguère vaincu le féroce infidèle,
Et rendu tant de fois ses efforts impuissans?
Comment sont-ils tombés ces remparts menaçans,
Ces tours que défendait une troupe de braves?
Ah! ce morne silence annonce un grand revers!
Quoi! les chrétiens encor seraient-ils des esclaves,
Et les Grecs de nouveau connaîtraient-ils les fers?
Mais quel spectacle horrible à mes yeux se présente!
O douleur! j'en frémis; la faim, la pâle faim
Fait sentir ses horreurs à la foule expirante;
Le vieillard vers les cieux tend une main tremblante;

Les enfans au guerrier vont demander du pain :
Du pain ! mais vainement lui-même en est avide;
Enfans, il ne peut rien aux cris de vos douleurs
Ce guerrier malheureux ; déjà faible et livide ,
Il se soutient à peine en vous donnant des pleurs.

Mais tout à coup quelles clameurs lointaines
Éveillent l'Ottoman de carnage altéré?
Il se presse, il s'avance en agitant des chaînes.
Qu'aperçois-je? une croix ! un bataillon sacré !
Au milieu, des vieillards, des enfans et des femmes!
Où se dirigent-ils de ce commun accord?
Parmi des tourbillons de fumée et de flammes
Que courent-ils chercher?... une honorable mort.
Leurs vœux sont accomplis : nouvelles Thermopyles,
Missolonghi vaincu, dans ses tristes asiles,
Sur ses débris fumans a vu ses fiers soldats
De l'immortalité conquérir la couronne;
Et de tant de guerriers il n'est resté personne
Qui puisse aller à Sparte annoncer leur trépas!
Ils sont tous morts : honneur et respect à leur cendre.
Qu'un sacré monument à la postérité,
Aux siècles à venir, à jamais puisse apprendre
Que, libres de leurs fers, ils sont morts pour défendre
L'étendard de la croix qu'ils avaient tous planté
Sur l'autel de la liberté.

Ils ne sont plus ! Chrétiens, accordez quelques larmes

A ces Grecs que la faim seulement a vaincus :

Naguère menaçans, terribles sous les armes,

Ils voyaient devant eux fuir les Turcs éperdus;

     Et maintenant ils ne sont plus !

Contraste déchirant : inconsolable mère,

O Grèce ! que je plains tes vaillans défenseurs !

Ah ! permets aujourd'hui qu'une voix étrangère,

Sur un sol éloigné, redise tes malheurs,

Et pour Missolonghi daigne accepter mes pleurs.

Déjà le dieu du jour commence sa carrière,

Et paraît à regret d'une sombre lumière

     Éclairer ce vaste tombeau ;

Des malheureux chrétiens l'implacable bourreau,

Parmi des flots de sang mêlés à la poussière,

Le barbare Ottoman n'ose sans crainte encor

Des Grecs inanimés regarder le visage,

Et semble sur leur front lire encor le courage

     Dont ils brûlaient avant leur mort.

Mais que vois-je ? la croix, la croix ensanglantée,

Sur un triste monceau de fidèles mourans,

Est trouvée en débris, et se voit insultée

Par les basses clameurs d'esclaves triomphans :

« Est-ce là, disent-ils, cette croix tant vantée

« Qu'osaient nous opposer ces infâmes chrétiens ?

« La voilà, la voilà dans cette fange impure,

   « Sur ses enfans sans sépulture,

« Qu'elle avait cependant flattés d'heureux destins. »

Et les cœurs, pénétrés d'une piété sans feinte,

De ces lâches discours ne s'indigneront pas !

Et l'union des rois, qu'on ose appeler sainte,

Dans le repos encor retiendra ses soldats !

Honte, honte éternelle à l'Europe barbare,

Qui, s'agitant en vain au milieu de ses fers,

D'oppresseurs, d'opprimés, assemblage bizarre,

Semble dans ses tourmens dire à tout l'univers :

« Dévore comme moi ton impuissant courage,

   « Tu vieilliras dans l'esclavage. »

Ah ! oui, honte à l'Europe ! elle a pu sans frémir

De chrétiens égorgés voir le spectacle horrible,

   Elle s'est fait un odieux plaisir

   De contempler cette lutte terrible

Où la Grèce au tombeau va bientôt s'engloutir.

On dit que, promenant la mort et l'épouvante,

Des Français corrompus, sous l'infâme étendard,

Ont ranimé du turc l'audace chancelante,

Et d'un bras sacrilége ont plongé le poignard

Dans le sein malheureux de la Grèce mourante.

Qu'entends-je? des Français! non, non, pour ses enfans,
D'un mouvement commun, la France les renie ;
Ce sang que vous versez pour d'indignes tyrans,
Vous le savez, cruels! est cher à la patrie ;
C'est le sang des chrétiens. Malheureux apostats !
 Fuyez : quoi! n'entendez-vous pas
 La France entière qui vous crie :
 « Loin de moi cette horde impie,
« Je la hais à jamais elle et ses vils combats. »
 O Grèce! ô terre infortunée !
Vénérable berceau de tout ce qui fut grand,
Plage où brilla jadis un peuple si puissant,
Pardonne : ne crois pas qu'à te voir enchaînée
 Le Français aspire aujourd'hui.
 Ah ! ne lui fais pas cet outrage :
Comme toi, sachant vaincre, il serait ton appui
Et volerait au tien réunir son courage,
 Si quelques hommes sans pudeur,
 Bas ennemis de notre honneur,
 N'avaient juré d'avilir la patrie,
Et, quand nous les prions d'aider ta liberté,
Ne nous faisaient une réponse impie
Qu'ils parent du vain mot de la neutralité.
Quel prétexte, cruels, profère votre bouche?
Répondez : n'est-ce rien que la religion?

N'est-ce rien qu'arracher des Grecs au Turc farouche?

La douce humanité n'est-elle qu'un vain nom?

    Mais ils ne sont, osez-vous dire,

    Que des esclaves en délire

    A juste raison détestés,

Des Grecs dégénérés, de lâches révoltés...

Des lâches! Dieu puissant! ô ruines fumantes,

Débris saints qui couvrez tant d'immortels héros,

Lieux que le sang humain inonde à longs ruisseaux,

    Murailles encor menaçantes,

Missolonghi, confonds ces vils blasphémateurs!

Redis-leur ces combats qu'on aura peine à croire,

Redis.... ; mais, non, plutôt méprise leurs clameurs.

Bientôt, en dépit d'eux, les pages de l'histoire

A la postérité légueront ton grand nom;

    On ne meurt pas quand on l'emporte en gloire

    Sur Salamine et Marathon.

De lâches révoltés! mais ils sont tous vos frères,

Mais ce sont des chrétiens dans les fers gémissans,

Des chrétiens, et le Dieu qui reçoit leurs prières

    A fait égaux tous ses enfans.

Vous pouviez d'un seul mot finir leur esclavage:

L'avez-vous essayé? Tremblez, hommes cruels,

Bientôt vous frémirez effrayés du carnage,

Et serez poursuivis de remords éternels.

Sans doute alors, honteux de votre barbarie,

Vous les regretterez vos frères d'Orient ;

On vous verra pour eux exciter la patrie ;

Mais attendrez-vous donc qu'une longue agonie

Ait conduit au tombeau ce peuple intéressant ?

Sur ces lieux dévastés n'oserez-vous paraître

Que pour y conquérir des ossemens humains,

Tandis qu'encore au fer d'un intraitable maître

Vous pourriez arracher des hommes, des chrétiens ?

    Attendrez-vous que, sur la Terre-Sainte,

Ce géant trop fameux, ce colosse du Nord,

Demandant compte au Turc d'une peuplade éteinte,

Sur ses tombeaux sacrés aille venger sa mort ?

Mais d'abord, embrasés des feux de la victoire,

Où s'arrêteront-ils ces bataillons nombreux ?

Aigris d'un long repos, las de vieillir sans gloire,

Ne les voyez-vous pas, torrent impétueux,

Menacer d'inonder l'Europe tout entière ?

Ah ! le premier canon qui, sur le sol chrétien,

Au barbare Ottoman déclarera la guerre,

Annoncera peut-être un carnage sans fin.

O toi, qui vis dans l'ombre et que le jour irrite,

Parce qu'on te verrait dans toute ta laideur,

Secte à jamais célèbre, et toujours hypocrite,
Le voilà satisfait ton trop barbare cœur ;
    Que seul à la joie il se livre.
Des milliers de chrétiens, tous martyrs de la foi,
Égorgés, mutilés, viennent cesser de vivre ;
Savoure ce plaisir, il est digne de toi.
Mais vous, à qui jamais la basse hypocrisie
Ne servit à masquer une fausse piété,
Français, cœurs généreux, ah! je vous en supplie,
Au nom de la croix sainte et de l'humanité,
Ne la délaissez pas cette Grèce chérie :
Soutenez ses efforts sans cesse renaissans.
Ce n'est pas, on l'a dit, ce n'est pas du courage
Qu'osent vous demander ses généreux enfans :
Non, leurs braves aïeux, les immortels *Trois Cents,*
Leur ont laissé du leur le brillant héritage.
    Ce qu'ils demandent, c'est du pain,
    C'est du canon, ce sont des armes.
Alors vous les verrez, affrontant les alarmes,
Terrasser à leur tour l'infidèle inhumain.

La JEUNE CAPTIVE

Sur la Tour du Sérail.

ÉLÉGIE.

La nuit habite encor notre vaste atmosphère :
A peine à l'orient quelques rayons épars
De ses voiles épais trahissent le mystère,
Et viennent mollement effleurer mes regards.

Tout dort autour de moi : mes tyrans intraitables
Ont eux-mêmes connu les douceurs du sommeil,
Et, courbés sous le poids de plaisirs exécrables,
Peut-être songent-ils aux crimes du réveil.

Ils reposent !... Et moi, captive infortunée,
J'ai sans cesse à l'esprit présens tous mes malheurs,

Et, les bras dans les fers depuis que je suis née,
Je ne puis même avoir le plaisir de mes pleurs.

Mais je te vois encore, ô Grèce! ô ma patrie!
Ton aspect un moment fait taire ma douleur :
Je te vois! c'est assez ; et mon âme attendrie
N'a pas depuis long-temps connu d'autre bonheur.

Qu'il m'est doux sur la tour de devancer l'aurore!
Que j'aime à respirer la brise du matin!
L'œil tourné vers le ciel, pour les Grecs je l'implore,
Sans me promettre, hélas! le jour du lendemain.

Mais la lueur augmente... Où suis-je? Est-ce la Grèce,
Cette mère des arts, qui vient frapper mes yeux?
Tout me semble couvert d'un voile de tristesse :
Léonidas jamais parut-il en ces lieux?

Que dirait-il, grand Dieu! s'il voyait ces ruines,
Ces monumens croûlans habités par le deuil,
Ces temples abattus, ces débris, ces collines,
Dont l'enfant d'Ismaël fait un vaste cercueil?

O rois sourds à nos cris, venez voir votre ouvrage;
Votre repos impie a causé ces malheurs :

Oui.... Mais le souffle impur d'un hideux esclavage
Malgré vous n'aura fait qu'irriter nos vengeurs.

Malgré vous ils vaincront dans la lutte sanglante
Que vous prolongez tous d'un sacrilége effort.
Au tombeau des *Trois Cents* la Grèce renaissante
A prononcé ces mots : *Indépendance ou mort*.

Mais quel sombre délire égare ma pensée,
Lorsque je ne devrais que prier et gémir !
Inutile courroux ! De fers toujours froissée,
Puis-je garder l'espoir d'un meilleur avenir ?

Bientôt, nous disions-nous, tous les chrétiens nos frères
Défendront avec nous l'étendard de la croix :
Vain espoir ! de sang-froid contemplant nos misères,
Ils aident nos bourreaux , à l'exemple des rois.

Au récit de nos maux on les a vus sourire;
Leur canon tonne encor sous nos murs ébranlés,
Et, sur le champ d'honneur, je rougis de le dire,
Ils vendent à prix d'or nos vengeurs mutilés.

Toi qui du haut des cieux peux voir leur injustice,
Grand Dieu! toi seul ici ne nous délaisse pas;

Daigne prendre les Grecs sous ta main protectrice,
Et donne-leur toujours le succès des combats.

Jamais guerre, jamais, ne fut plus légitime;
Ils vengent le plus grand de tes bienfaits divins.
Quoi! cette liberté dont on leur fait un crime,
Ne la gravas-tu pas dans tous les cœurs humains?

Des barbares odieux, des Turcs, nous l'ont ravie,
Et nous ont lâchement courbés sous leurs drapeaux.
Ils pouvaient à leur gré nous arracher la vie :
Les cruels nous traitaient comme de vils troupeaux.

Dans des tourmens affreux j'ai vu périr mon père :
Épargnez, disait-il, épargnez mon enfant;
Il les priait aussi de respecter ma mère,
Et ma mère expira sous le couteau sanglant.

Souvenir plein d'horreur!... Mais la timide aurore
Va bientôt s'éclipser devant le dieu des jours.
Qu'entends-je? c'est la voix du tyran que j'abhorre !
Adieu, beau ciel, adieu peut-être pour toujours.

IMPRIMERIE DE J. PINARD.